Made in the USA
Monee, IL
15 December 2021

85490518R00069